GORILLA LAND

L'Éditeur tient à remercier particulièrement:
– Madame Michèle Courtillot, professeure agrégée, chargée
de mission auprès du recteur de l'Académie de Paris;
– Madame Sabine Delfourd, professeure des écoles à l'École
active bilingue Monceau, Paris;
– Madame Martina McDonnell, enseignante-chercheuse
au département de Langues et Sciences humaines de l'Institut
national des Télécommunications (INT), Évry;
pour leurs précieux conseils.

Avec la participation de Zoé Bennett.

Création graphique: Zoé Production

GORILLA LAND

JEANNETTE WARD

Illustré par Juliette Armagnac

Chapitre 1

Une chance à saisir

– Oh la chance! Cette fois, c'est sûr? Tu vas en Afrique cet été? Toute seule?

– Non, avec Maman et John.

– John?

– Oui tu sais, notre ami journaliste…

– Celui qui est passé chez toi, la dernière fois que je suis venu à Londres?

– Oui, c'est ça. Il connaît parfaitement l'Afrique et il nous invite là-bas.

– Et vous allez où? Parce que l'Afrique, c'est grand…

– On va en Ouganda, dans la région des Grands Lacs, voir les gorilles de montagne. Tu sais quoi? John m'a dit que je pouvais inviter quelqu'un de mon âge à venir avec nous. Pour aller observer les gorilles, il faut avoir au moins quinze ans. Ça tombe pile* pour…

Je suis sur MSN vidéo et je tchatte avec ma cousine, Jessica. Elle a vraiment de la chance… Elle habite à Londres, la ville la plus cosmopolite d'Europe, elle est donc parfaitement bilingue, sa mère connaît des tas de gens cool, mais en plus elle part en Ouganda voir les gorilles…

QUOI ?

– Attends, répète ! je m'écrie.

– John m'a dit que je pouvais inviter quelqu'un à condition qu'il ait au moins quinze ans…

– Ouais, mais après ?

– T'écoutes ou quoi ?

– Mais oui, t'as dit : ça tombe pile pour moi ? C'est ça ?

– Oui, puisque tu viens d'avoir quinze ans.

– Il m'invite moi aussi, en Ouganda ? Mais un voyage pareil, ça revient cher quand même. Je ne sais pas…

– Oui… Mais en fait, puisque John nous invite, le séjour est gratuit. Tu n'auras qu'à payer l'avion et, même pour les billets, il a trouvé des prix intéressants. Parles-en à tes parents.

– Waouh ! Génial !

Mais quand j'annonce à mes parents l'invitation de Jessica, ils n'ont pas du tout l'air enthousiastes. J'ai beau leur dire que j'ai toujours rêvé d'aller en Afrique, qu'eux-mêmes ont beaucoup voyagé quand ils étaient jeunes, et que je serai avec ma tante…

– Et je ferai sûrement des progrès déments en anglais. Je vous promets de parler anglais le plus souvent possible si j'y vais (mes parents n'arrêtent pas de me dire de parler en anglais avec ma cousine, pour améliorer mon accent). En plus, là-bas, presque tout le monde parle anglais, j'ajoute en dernier recours.

– Tout de même ! Avec ce qui se passe dans cette région. Est-ce que Jenny y pense ? insiste mon père.

Jenny, c'est ma tante anglaise, la mère de Jessica.

– Mais il paraît que tout est calme maintenant. Et tu as toujours dit que Jenny est quelqu'un qui pense à tout.

J'obtiens finalement de mes parents qu'ils téléphonent à ma tante..

— Rassurez-vous, leur explique-t-elle, la situation s'est beaucoup améliorée. À présent, la région est calme et sans danger.

— Ça peut changer d'ici votre départ, répond mon père.

— Bien sûr, reprend Jenny, nous consulterons le site du *Foreign Office*. Si cela change, nous annulerons* notre voyage.

— Il y a des zones très dangereuses dans cette région, s'inquiète ma mère.

— Nous n'allons pas dans les coins chauds. Nous allons dans une région montagneuse, où John a un ami australien de longue date, le capitaine Pike. Il y est installé depuis plusieurs années. C'est un ancien capitaine de la marine marchande.

— Qu'est-ce qu'il fait là-bas ?

— Il dirige avec sa femme, qui est Ougandaise, le Gorilla Land. C'est un camp de toile, mais il y a aussi quelques bâtiments en dur*. C'est avant tout un centre de recherche sur les animaux qui peuplent cette région et en particulier sur les gorilles, une espèce menacée. Ils les observent et suivent l'évolution des familles, leurs lieux de vie, leurs habitudes. Ils essaient aussi d'informer la population locale de la nécessité de protéger les gorilles, en respectant leur habitat notamment. La déforestation est un énorme problème pour les espèces sauvages dans cette région. Pour financer leurs recherches, ils reçoivent des touristes. Ils organisent pour eux des safaris leur permettant de voir les gorilles dans leur habitat naturel. Attention : c'est de l'écotourisme, les visiteurs doivent suivre des règles très précises afin de ne pas abîmer l'environnement et de ne pas gêner les animaux.

– Comment vous rendrez-vous au camp ?

– Il y a une petite piste d'atterrissage pour l'avion du capitaine, qu'il pilote lui-même. Et aucun souci de sécurité.

Là, j'ai compris que j'avais mes chances. Mes parents raccrochent, se regardent, puis :

– Nous avions prévu de t'offrir une console pour tes quinze ans, dit ma mère. Mais si tu préfères faire ce voyage en Ouganda, nous te paierons le billet d'avion pour ton anniversaire.

– Génial ! Merci Papa, merci Maman ! dis-je en leur sautant au cou.

*
* *

La préparation de mon voyage n'est pas que du plaisir. D'abord, je dois me faire vacciner. Puis ma mère n'arrête pas avec ses recommandations. Elle prépare, trois mois à l'avance, une trousse de secours qui conviendrait à toute une armée !

Je dois aussi supporter les conseils qui pleuvent de toutes parts : prendre des précautions sanitaires, se mettre du produit anti-insectes, dormir sous la moustiquaire, etc.

– Il paraît que tu vas en Afrique ? me demande Quentin, un copain du collège, dont le père est né au Congo, un pays voisin de l'Ouganda.

– Je vais en Ouganda, mais…

– On dit là-bas, que dans les forêts il y a des esprits bons ou malfaisants. Méfie-toi pendant la chasse.

– Ce n'est pas une partie de chasse que je vais faire. C'est peut-être un safari-photo, et encore, je n'ai pas l'intention de mitrailler avec mon appareil photo comme un dingue. Je vais faire une petite visite à nos lointains cousins, les gorilles. En fait, au Gorilla Land, le but est de faire découvrir aux visiteurs des animaux dans leur habitat naturel en les dérangeant le moins possible.

– C'est super un voyage pareil ! Prends quand même quelques photos, dit Chloé, ma copine.

– T'inquiète, je t'en enverrai par mail. Il y a même Internet au Gorilla Land.

– J'ai vu le camp, sur le net. Ça a l'air cool.

– Ouais assez, on aura même un guide pygmée !

– Un guide pygmée !

– Ouais, il paraît que les Pygmées sont les plus anciens habitants de la forêt, dans cette région d'Afrique.

Je suis trop pressé d'y être !

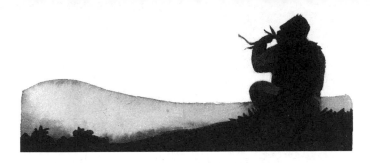

Chapter 2
In the Land of the Gorillas

"Jessica, Oscar, wake up, we're almost there," my mum says softly.

"Oscar? Did you hear that? Wake up!" I say to my cousin, as I shake him.

"*Ouais ça va, j'ai entendu…*"

"We're flying over Africa, don't you want to have a look?"

"*Mais il n'y a que des nuages!*"

"Yes, but they're African clouds. Anyway didn't you say that you were going to speak English on this trip?" I say to him.

"*J'ai dit la plupart du temps, ça ne veut pas dire tout le temps…* Oh, alright then," he says. "Will we be arriving soon?"

"We should be landing in ten minutes," John answers.

"Do you think there will be a welcoming committee with songs and dances, like for the Queen?" Oscar jokes.

"Unfortunately, as we aren't royalty, we'll have to make do* with my friend, Captain Pike. Although he can sing and dance, I doubt he'll do that in the airport. But he's a very nice chap, you'll see."

"Does he live far from the airport?" I ask.

"The Captain will fly us over there. It will take 45 minutes."

As we make our way into the arrivals lounge, we see a man wearing a sailor's cap and waving at us.

"Hello John old mate! How are you?" he shouts, coming towards us with a broad smile.

"Hello Captain! I'm very well thank you, and you?"

"Never better, my friend. How was your flight?"

"Fine, Captain, fine. Let me introduce Jenny to you."

"Delighted to meet you Jenny, and welcome to Uganda."

"Thank you captain. This is Jessica my daughter and Oscar my nephew who is French," she says looking at us.

"I hear you like animals?" the Captain asks us.

"Yes," we reply.

"Well, in the forest near our camp, there are plenty of them. From tiny creepy-crawlies* to huge silverback gorillas. And there's a surprise at Gorilla Land too!"

"Really?" I say.

"Yes, although to tell the truth it's a very sad story. This way out," the Captain says.

"I wonder what the surprise is," I whisper to Oscar.

"Me too," he says.

Sitting in the captain's light airplane flying over large expanses of banana trees, I look out of the window and get my first real glimpse of Africa. I am amazed at how green everything is.

We land near the camp, at the very edge of a forest known as the Impenetrable Forest, because it is so dense, where some of the last remaining mountain gorillas live.

As we step out of the plane, John waves to someone in the distance.

"Look, Karen has come to meet us!"

As we walk towards a woman in overalls and wearing a mask, we notice that she is carrying something on her hip…

"Wow! Look, a baby gorilla!" I exclaim.

"This is my wife Karen," the Captain says. "She is a gorilla doctor, and is taking care of our little orphan Amy. But please, don't get too close, gorillas can catch germs from humans."

Amy looks up at us, with big round eyes.

"I didn't know gorillas had such thick fur," I say.

"Mountain gorillas really need it. It can get very cold and humid in the forest," Karen explains.

"What made you decide to become a primate vet?" I ask her as we all walk to the camp.

"Well, it's simple. When I was a young girl, I read the life stories of Dian Fossey, the famous primatologist, and Jane Goodall, and there and then decided that I wanted to work with great apes*!"

"That's it?"

"Yes, that's it."

"What's that brown thing Amy's holding in her hand?" Oscar asks.

"That's her blanket*. I gave it to her when she arrived here to calm her down. It's very soft and she loves holding it against her face," Karen answers.

"That's so cute!" I say, staring at Amy, "I used to have a blanket too, when I was small, I used to take it everywhere with me!"

"Anyway," John interrupts, "there'll be plenty of time to see Amy later. Let's get you settled into your rooms."

Our rooms are in fact large tents on stilts* and as we unpack we hear the sound of a gong.

13

"It's to tell us that dinner is being served," John explains.

"Karen, what happened to Amy?" I ask as we sit down to dinner.

"Well, three weeks ago on a trekking expedition we found the dead body of Amy's mother. She had caught her leg in a poacher's* snare* and fallen into a ravine. The family group she belonged to seems to have moved on, leaving Amy still clinging to her. It's a good job we found her so quickly after her mother's fall. She was frightened but not hurt."

"What will happen to her now?" I ask.

"We'll keep her here for a while to allow her to recover. But she's a strong baby and one day we hope we can reintroduce her into the wild."

"When can we go and see the gorillas?" Oscar asks.

"Well, I think tomorrow you'll probably be tired so it's better to stay in the camp to visit it. There are a lot of things to see. And the day after, we can start out early in the morning to go and see one of our habituated gorilla families."

"That sounds great," I reply.

As we are having breakfast, a small man walks towards us.

"Ah, here comes Ray," the Captain says.

"Hello, nice to meet you," he says.

"Nice to meet you too," we answer.

"Ray's from the pygmy village, he will be your guide in the forest," the Captain says.

"Very good," Mum says.

"Meanwhile, would you mind showing our guests around the camp?" the Captain asks Ray.

"No problem, Captain," Ray replies.

"Oh, I almost forgot, watch out for the army ants*!" Karen calls back to us as she walks away.

"Are they the ones that can eat animals or even people if they don't get out of their way?" I ask Ray.

"Yes, that's them!"

"And whatever you do," John adds, "don't forget to put plenty of insect repellent on, and on your clothes too."

We don't need to be told twice! A few minutes later, we're following our guide Ray around the camp.

"Oh! What a magnificent butterfly! What's its name?" Mum says, looking at a large blue butterfly on a leaf.

"Its common name is Blue Mother-of-Pearl, but its proper name is *Salamis Temora*. It belongs to the *Nymphalidae* family," Ray says.

"Really?" says my Mum, taken aback by our very knowledgeable guide.

But Oscar and I are more interested in the frightening army ants we've just discovered.

"They look very aggressive. Do you think…," Oscar starts to say, as we watch the immense column of army ants.

Suddenly, I see Ray gesturing to us to be silent.

"Shh!" I whisper to my cousin, as Ray shouts out,

"HEY YOU! WHAT ARE YOU DOING HERE?"

In between the branches of a shrub, we catch a glimpse of a man's face. He stares right at us and I notice he has a scar* running all the way down his face!

Chapitre 3

Un vrai petit singe

Dans l'après-midi, nous en apprenons un peu plus sur l'homme balafré* que nous avons croisé avec Ray. Karen nous explique qu'il travaillait ici, mais qu'il a été renvoyé. Elle nous dit qu'il parle français. Alors que j'allais lui demander la raison de son renvoi, quelqu'un l'appelle à l'entrée de la maison.

– *Excuse me, Oscar. Julie, do come in!* dit-elle et elle ajoute, *Julie speaks French too.*

Une jeune femme s'avance vers nous, en souriant.

– Bonjour, je suis la secrétaire du camp, dit Julie en tendant la main à ma tante.

– Bonjour, je m'appelle Jenny et voici Jessica et Oscar.

– *Julie will show you the Office,* dit Karen, *I'll see you later.*

– *OK, see you later,* dit Jenny.

– Si vous voulez bien me suivre jusqu'au bureau du camp, c'est par ici, nous dit Julie.

– Vous parlez vraiment bien le français, dit Jessica.

– Bien sûr. Je suis née en France, mais j'ai de la famille dans la région et un cousin qui vit au village.

Le capitaine m'a dit que vous parliez français, alors j'en profite.

– Moi, je suis français et ma tante et ma cousine sont anglaises, mais elles parlent très bien le français, dis-je.

– C'est formidable, dit-elle, je vais pouvoir vous expliquer en français ce que nous faisons au camp.

Nous sortons de la maison, tournons dans l'allée et descendons un petit chemin qui mène à une longue maison blanche. Au-dessus de la porte, il y a un grand panneau blanc sur lequel on peut lire OFFICE en lettres rouges.

– Entrez, je vous prie, dit Julie en poussant la porte, je m'occupe du côté administratif du camp, mais j'aide aussi Karen et le capitaine à prendre soin de nos petits pensionnaires : des animaux blessés qu'on nous apporte ou que nous trouvons.

La pièce semble servir de bureau et aussi d'infirmerie, car il y a une immense armoire à pharmacie le long d'un des murs et un lit installé près de la fenêtre. Sur une grande table encombrée par un ordinateur, il y a des piles et des piles de papiers. Julie n'aime pas beaucoup ranger apparemment.

– Veuillez excuser le désordre, j'étais en plein classement, dit Julie.

Sur le mur derrière la table, une grande carte est accrochée. Je m'approche.

– C'est une carte de la forêt, dit Julie.

– Alors sur cette carte, on peut repérer où sont les gorilles ? dis-je.

– Ce n'est pas si simple. C'est même assez difficile de les repérer, parce que les gorilles se déplacent continuellement. Nos gardes forestiers, qui patrouillent dans la forêt régulièrement et communiquent avec

nous par talkie walkie, nous permettent de savoir où se trouvent nos familles de gorilles, explique Julie.

Un peu plus loin, par une porte entrouverte, on aperçoit un petit laboratoire et des cages.

– En dehors des visites aux gorilles que nous organisons pour nos visiteurs, nous avons aussi un rôle de surveillance de la faune et la flore. C'est d'ailleurs au cours d'une de leurs randonnées d'inspection que Karen et le capitaine ont trouvé Amy, ajoute Julie.

– Oh des souris ! dit Jessica en indiquant les cages.

– Ce ne sont pas des souris, mais des musaraignes*. On nous les a apportées il y a quelques jours dit Julie, en se dirigeant vers les cages.

– Peut-être que leur mère a été tuée comme celle d'Amy, dit Jessica en se penchant pour les regarder.

– Peut-être, répond Julie.

– Est-ce qu'Amy dort ici ?

– La plupart du temps Karen la garde avec elle, comme le ferait une mère gorille. Mais lorsqu'elle s'absente, elle me la confie, dit Julie en regardant l'heure. Vous tombez au bon moment, ajoute-t-elle, c'est bientôt l'heure de sa tétée*.

– Ça, je ne veux pas le rater, s'exclame Jessica.

– Alors, allons la retrouver, dit Julie.

Karen est justement en train de réchauffer le biberon d'Amy. Elle me propose de le lui donner. Comment on fait ça ? D'abord on met un masque et des gants pour qu'elle n'attrape pas nos microbes, m'explique Karen.

En fait, ce n'est pas du tout difficile de donner le biberon à un bébé gorille. Surtout s'il est affamé.

Jessica et moi sommes sous le charme. Il faut dire qu'elle est rigolote Amy. Quand je me frappe la poitrine avec les mains, elle fait pareil, un vrai petit… singe, cette petite gorille !

Plus tard le soir, autour d'un feu de camp, le capitaine nous raconte l'histoire du balafré, qui s'appelle Al. C'est un bagarreur. Il y a quelques années, il a reçu un coup de machette pendant une bagarre, qui l'a défiguré à vie. Le capitaine l'avait pris à son service pour lui faire gagner un peu d'argent, en faisant des petits boulots au Gorilla Land. Pendant longtemps, tout s'est bien passé. Il n'y avait rien à redire sur son comportement. Le capitaine pensait même lui donner un travail plus intéressant, puisqu'il est bilingue. Mais, Al le balafré a été surpris en train de voler une bouteille d'alcool aux cuisines ! Il s'est battu avec le cuisinier et l'a blessé. Du coup, il a été mis en prison.

Lorsqu'il a été libéré, il y a quelques semaines, il est revenu au village. On l'a vu rôder récemment dans les parages. Le capitaine pense qu'il n'est pas dangereux, mais il a vraiment une tête à faire peur…

Du feu de camp, il ne reste maintenant que des braises*.

– *Well, it's time to go to bed. We have a long walk ahead of us tomorrow,* dit le capitaine.

Il faut se coucher, parce qu'il paraît qu'il va falloir marcher pas mal pour voir les gorilles, demain. Mais moi je ne me sens pas très fatigué, et puis je viens juste de recevoir un texto de Chloé.

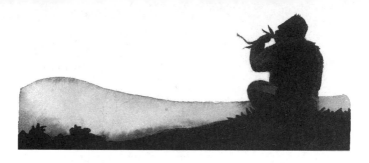

Chapter 4

In the Impenetrable Forest

"Phew! I'm hot!" I say.

"Me too," Oscar says from behind me.

"Drink some of your bottled water, it'll do you good. But it's best to keep your raincoats on, so as not to scratch yourselves on all the bushes everywhere," John advises from behind us.

Since early morning, the Captain, my mum, John, Oscar and I have been tracking the mountain gorillas!

Ray is our guide again, and three armed guards have come with us too. They have been joined by a ranger, who is using a machete to make a path* through the bushes, the bamboo and the thick vegetation of the Impenetrable Forest. There are also three porters, carrying our food and bottles of water.

After trekking for about three hours, we now have to climb up the path. And even with the help of the walking sticks the Captain made us, it's difficult not to slip. Everything is so wet. No wonder it's called a rainforest!

"Hey, my boot!" Mum suddenly shouts out. "It's stuck in the mud*!"

"Take hold of my hand," John says, reaching out to her.

As we wait for them to catch up to us, our guide looks at his GPS and says in a low voice:

"They can't be far away, now."

Well, at last! I say to myself. I've heard that meeting gorillas is something that has to be earned*, now I understand what they mean!

"Remember what I told you yesterday," Ray continues. "You must always turn away from gorillas if you're coughing* or sneezing*. You must never step between a mother and her young. If a gorilla charges at you, don't run, just stay where you are and look away. I'll be there to tell you what to do. Don't get too close, stay at least seven meters away from them. Don't take photos with a flash. If you speak, it's better to whisper. And don't make any sudden moves. If you follow these rules, then everything will be fine."

He stops talking and starts walking again, and we follow on behind in silence. Five minutes later he stops again. We all stop behind him. He speaks into his walkie-talkie in a very low voice.

"We've got to wait for the trackers* to come and confirm where the gorilla family is," the Captain whispers to us.

Men appear from among the trees and walk towards us. They speak quietly with Ray. Then we all set off again. Suddenly our guide stops and turns towards us.

"There they are…," he whispers.

Through the leaves, we see a black shape, then another one and another one. They are about ten meters in front of us. We sit down at the edge of the clearing where the gorilla family has stopped to eat and rest.

"Look at the baby gorillas up in the tree!" I whisper to Oscar.

Two balls of black fur, with furry arms and legs, are playing in a tree, just above a bigger gorilla, perhaps their mother, who is sitting on the ground some chewing some leaves.

A mother gorilla is moving around with her baby on her back, which has its tiny arms wrapped around her neck. I can see at least five other big gorillas and several youngsters (Ray calls them juveniles). As I look for my camera in my pockets, Oscar whispers,

"Look at those three playing. They're so funny and they look so pleased with themselves."

Fascinated, we watch them playing and rolling around like little children.

Suddenly, without any warning, one of the juveniles comes charging towards Oscar and me. We stand very still just as Ray had told us to do. The young gorilla stops two metres away from us, has a look at us, climbs up and swings from a creeper nearby, looking very pleased with his new game. Then he climbs down from his swing, and playfully chases another young gorilla.

I got the strange feeling that maybe he wanted to play with us. After all, we are the children of the family of humans that has come to visit them!

"Please move back a bit, it's better if the gorillas don't get too close to us," our guide whispers.

So we move back slightly, and at that very moment, a gigantic head emerges from the grass in one corner of the clearing. In a patch of sun, a massive

silverback gorilla is sitting up! He must have been lying there, having a rest. But now he's eating a thick piece of bamboo and looking at us sideways.

"Wow! He's staring at us just like a human would!" I whisper.

"Yes he is, isn't he?" the Captain whispers back. "We share cent par 98% of our genes with gorillas. So we really are cousins, you know."

The silverback gets up, moving slowly on his hands and feet. He looks incredibly strong.

"He's around 1,8 m when he stands upright and weighs at least 200 kilos. He has the strength of ten men. But despite all this strength, he really is a gentle giant," the Captain murmurs.

The big male gorilla doesn't go very far, just a few meters from where he was sitting. He sits down again

and yawns leaning his broad back against a tree. With teeth that big, it's just as well he's a gentle giant!

"We'd better be going soon," Ray says in a low voice behind us, "we've been here almost an hour already. You've still got time to take a few photos, if you want."

An hour? Already? I look at my watch. It's true! Although it feels as if we've only just arrived. But Ray had already told us that visitors must not stay with the gorillas for more than an hour, so as not to disturb their family. I take a few final photos, and then we all leave.

"That was fantastic!" I say to Oscar.

"Amazing!" he answers.

We glance back several times in the direction of the gorillas who're enjoying their picnic.

"Come on," says Ray, "we'll take a shortcut* back to the camp so it won't take us as long."

"Are we going to eat soon?" Oscar asks, "I'm starving."

"We've got time to picnic in the forest too," says Ray, "but remember, don't leave any paper, plastic bottles or rubbish behind when we leave," he adds.

Just then, the Captain gets a call on his walkie-talkie.

"Yes… What? No! OK, we're on our way… two hours probably… Yes… Can't you tell me… Ah… Yes, alright… Yes… OK, over."

"Is something the matter?" John asks.

"Yes there is," the Captain replies, with a worried expression.

"What is it?" John asks.

"The baby gorilla has disappeared."

Chapitre 5

La disparition d'Amy

À notre arrivée au camp, c'est la panique ! Des gens se précipitent vers le capitaine et lui parlent tous en même temps.

– *Calm down everybody. Where is Karen ?* demande-t-il.

– *In the office,* lui répond-on.

Se frayant un chemin au milieu du personnel du camp, il se dirige vers le bâtiment où se trouve le bureau. Jessica et moi essayons de le suivre, mais avec l'attroupement devant la porte, nous avons du mal à avancer. Nous finissons tout de même par entrer.

Karen est debout, les deux mains appuyées sur la table, elle est effondrée*. Le capitaine essaie de la réconforter, Jenny et John lui parlent, eux aussi. Julie, assise sur une chaise juste à côté de Karen, sanglote.

– On va la voir ? je chuchote à Jessica.

– OK.

Nous nous approchons de Julie.

– Julie, ne pleurez pas, on va la retrouver, dis-je.

– Je l'ai laissée ici quelques minutes et quand je suis revenue, elle avait disparu, je ne sais rien de plus, dit Julie en s'essuyant les yeux.

– Peut-être qu'elle s'est enfuie, je suggère.

– Non, elle est bien trop jeune, dit Julie.

– La police a été prévenue ? demande Jessica.

– Bien sûr, Karen l'a appelée et elle doit arriver d'une minute à l'autre, dit Julie qui se remet à pleurer.

– Mais qu'est-ce qui s'est passé, Julie ? je lui demande.

– Karen a dû s'absenter du camp, au début de l'après-midi. Comme d'habitude, elle m'a confié Amy. Je ne l'ai laissée que quelques minutes pour…

Il y a un brouhaha dehors et le mot « Police ! Police ! » résonne. Le capitaine se dirige vers la porte pour recevoir le commissaire de police.

– *Who's in charge of this camp?* demande le policier.

– *We are, my wife Karen and I,* dit le capitaine.

Karen et le capitaine expliquent au commissaire de police ce qui s'est passé. Il les écoute attentivement, prend des notes, puis pose de nombreuses questions à Julie, qui n'arrête pas de pleurer. Il propose au capitaine, à Karen et à Julie de l'accompagner au commissariat, pour y faire une déposition*.

– Pauvre petite gorille, je me demande ce qui lui est arrivé, dit Jessica.

– En tout cas, la police s'en occupe, dis-je.

Alors que tout le monde sort du bâtiment, le commissaire s'adresse au personnel du camp, resté là à attendre.

– *We're making an appeal for witnesses*,* dit-il.

Il explique que le moindre indice* peut être d'une grande importance, et que si quelqu'un a vu ou entendu quelque chose de suspect, cela peut aider dans l'enquête*.

– *If you have a statement* to make, please queue up over here.*

33

– Nous, on ne peut pas témoigner, puisqu'on n'était même pas là quand le bébé gorille a disparu, dis-je à Jessica.

– Si on faisait le tour du camp? Il y a peut-être des traces* qui nous donneraient une piste*. Tu viens?

– D'accord. Mais d'abord je vais répondre à un mail de Chloé. Je te rejoins tout de suite.

– Bon, OK.

Je suis en train d'écrire mon mail, quand Jenny entre dans la tente.

– Ah Oscar, tu es là. Où est Jessica? me demande-t-elle.

– Elle est allée faire un tour dans le camp…

– Tu sais pourquoi?

– C'est pour Amy, elle pense peut-être trouver…

– Je voulais vous parler de cette histoire à tous les deux.

– Tu as des nouvelles? je lui demande.

– Non malheureusement, je n'en ai pas. Mais je voulais vous dire à toi et Jessica, qu'il vaut mieux laisser la police faire son travail et ne pas trop vous en mêler.

– Pourquoi? Jessica et moi, on veut faire notre petite enquête en parallèle, je suis sûr que la police ne refusera pas un peu d'aide.

– Je ne pense pas que ce soit une bonne idée. Cette affaire peut être plus dangereuse qu'il n'y paraît, tu sais.

– Mais la police, a fait un appel à témoin*, dis-je.

– Oui, je le sais. Mais avoir vu quelque chose de suspect et le dire à la police, c'est autre chose que faire une enquête. Les policiers sont formés, entraînés pour cela, et ils savent mesurer les dangers. Ce qui n'est pas le cas pour toi et Jessica. Tu t'en rends bien compte, n'est-ce pas Oscar? insiste ma tante.

Hum peut-être, mais je crois quand même qu'elle exagère un peu. Qu'est-ce qu'on risque en cherchant des indices dans le camp ?

– OK, je te laisse, continue-t-elle, je vais voir où est Jessica.

Je finis d'écrire mon mail. Justement, j'en étais à Amy.

J'ai à peine envoyé mon mail, que Jessica arrive dans la tente.

– Mais qu'est-ce que tu fais Oscar ? J'ai eu le temps de faire tout le tour du camp !

– Tu as trouvé quelque chose ?

– Non, rien. Mais il y a un endroit où on pourrait retourner. Pour aujourd'hui, c'est peut-être un peu tard. Mais demain…

– Où ?

– Dans le bureau.

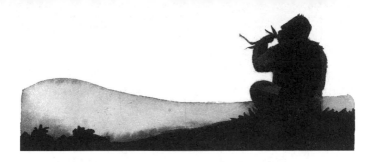

Chapter 6

Investigation in the Office

The following morning we make our way to the office. When we get there we discover the office is deserted.

"I wonder why there's no one here," I say to Oscar.

"Yes, after all, it's a crime scene, the police should at least have put some kind of tape* in front of it or something, as they do on TV."

"There's nothing here."

"Is it locked?" Oscar asks.

"No, not at all," I say, turning the handle. "Come on, let's have a look inside!"

"Do you think we should? Yesterday your mum said we shouldn't get too involved."

"We aren't getting that involved, we're just looking around…"

"What are we looking for exactly?" Oscar asks, following me in.

"Anything that could be a clue* to finding Amy," I say, looking at the piles of paper everywhere. "Hmm, what about this enormous desk? Let's have a look in the drawers," I add opening the top drawer.

"Well," Oscar says. "It's a complete mess! Look at all this stuff! Paperclips, rubber bands, pens, papers. Nothing interesting at all. How about you? Have you found anything?"

"No, more papers, and nature magazines... Hey, look at these photos. It looks like Julie has a boyfriend who's living here or who's visited her, because... Good God!" I cry out.

"What? What's the matter?"

"Look at this!" I shout, taking a large piece of brown cloth out from under a pile of papers.

"Shhh... Don't make so much noise!"

"Don't you see?"

"Yes I see, it's a piece of cloth! It must be a duster*. Although looking at the state of the room, Julie doesn't seem to use it very often."

"No, it's not a duster! Don't you recognize it? It's obvious, it's Amy's blanket!"

"What? Let me have a look!" Oscar says.

"Be my guest," I say handing over Amy's blanket.

"Arc you sure it's Amy's cover? It doesn't look like it to me," he says, handing it back.

"500% sure!"

"But, why is it in this drawer? Doesn't Amy keep it with her all the time?"

"Yes, she does."

"Do you think...?"

"I think someone took it away from her, or found it and put it in the drawer... to hide it away!"

"Could it be Julie?"

"I'm not sure, but I don't see who else."

"Have a look at those photos..."

"Yes, it's Julie and a man..."

"I don't like the look on her boyfriend's face. He's got a strange smile."

Suddenly, someone calls my name.

"Ah, here you are Jessica! Oscar? What are you two doing here?" Jenny says, walking into the office.

"Mum! Look at what I found!"

"What is it?"

"Mum! Don't you see? It's Amy's blanket!"

"Goodness! Are you sure?"

"Mum, don't you start too. Of course I'm sure."

"And we found these photos too," Oscar says.

"Well," my mum says, going through the pack of photos. "I think we'd better phone the police. Where's the telephone?"

"Here it is," I say. "And here's the number for the police station."

"Let's hope it works," she says picking up the receiver and dialling the number.

"Hello, this is Mrs Harris, I'm a friend of Captain Pike and his wife, could I speak to the superintendent please? … Well, here at the camp we've found things that might help you with your enquiry[*] into the disappearance of Amy the baby gorilla. … So you'll send someone to… OK, very good, thank you, goodbye."

"Now Jessica, Oscar" my mum says, turning to me and my cousin. "I want to have a word with you."

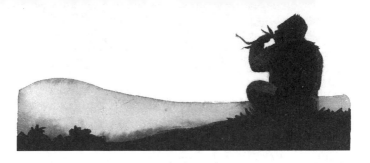

Chapitre 7

Une nuit de cauchemar

Le jour suivant Julie n'est pas revenue et des rumeurs courent dans tout le camp. La gentille secrétaire est-elle, en fait, une trafiquante d'animaux sauvages ? Moi, j'ai du mal à l'imaginer. Je ne peux pas croire que, quand elle pleurait, elle jouait la comédie*.

– *We aren't sure about Julie's role in this affair yet. Meanwhile she's being held for questioning,* nous dit Karen.

– Bon, on ne sait encore rien. Mais toi, tu trouves que Julie à l'air d'une trafiquante ? je demande à Jessica.

– Non, mais ce qu'on a trouvé dans le bureau l'accuse.

– C'est vrai, mais ce n'est pas la preuve* que c'est elle qui a enlevé Amy. Peut-être que quelqu'un a profité de son absence pour la kidnapper.

Après les événements dramatiques de ces derniers jours, aujourd'hui nous ne faisons qu'une petite promenade avec Ray dans la forêt près du camp.

On discute beaucoup après dîner et, quand on se couche, il est déjà minuit. Mais à peine ai-je fermé les yeux, que j'entends un petit craquement dehors… Quelqu'un marche devant la tente. Je me relève et, en prenant soin de ne pas me faire voir, je regarde dehors.

Deux ombres s'éloignent en direction des bâtiments

en dur du camp. La lumière d'une torche se promène sur les murs blancs du bureau.

Soudain, un bruit retentit tout près de moi, comme un grognement. Qu'est-ce que ça peut être ? J'écoute… plus rien… Puis ça recommence. Ça vient de sous la tente. J'enfile mes vêtements en vitesse, prends ma torche et sors.

C'est peut-être Amy… ou un gorille qui se balade. Non, Karen nous a expliqué que les gorilles sont des couche-tôt*, qui n'aiment pas se promener la nuit. J'éclaire les piliers en bois de la plateforme. Ça alors ! Il y a une bande de petits cochons sauvages !

Le capitaine nous a prévenus qu'il en vient parfois de la forêt. Ils mangent les plantes qui poussent dans le camp. Mais que font-ils là sans leur mère ? À ce moment-là, une énorme masse fonce sur moi. J'éteins ma torche et essaie d'atteindre les escaliers. Mais je n'en ai pas le temps. La silhouette d'un énorme cochon sauvage, probablement la mère, se dresse devant moi et me barre le chemin. Je recule sous la plateforme. Est-ce qu'elle m'a vu ? Je fais un pas vers l'escalier. Elle grogne à nouveau. Si elle ne m'a pas vu, elle m'a sûrement senti (j'empeste le produit anti-insecte).

Bien que je ne parle pas la langue des cochons, je crois comprendre quelque chose comme : « Ne bouge pas ou t'es mort ! » Mais soudain et à mon grand soulagement, l'animal s'enfuit avec ses petits. Ouf !

Je m'apprête à remonter quand j'entends à nouveau un bruit. Est-ce la famille cochon qui revient ? Je recule sous la plateforme.

— *What's that noise?* dit tout bas une voix nasillarde.

— *Only wild pigs, not worth a penny,* répond, tout bas, une autre voix.

Les pas s'éloignent, mais j'ai le temps de saisir ce que lui dit la voix nasillarde :

– *Not like gorillas…*

Ce sont sûrement des braconniers*. Je ne peux m'empêcher de les suivre et me retrouve dans la Forêt Impénétrable !

Ça fait des heures que je marche. Je m'arrête et regarde de tous côtés : les braconniers ont disparu et moi, je me suis perdu !

Je continue de marcher, mais n'en pouvant plus, je me couche par terre. Qu'est-ce que c'est ce truc devant moi ? Beurk ! Un squelette complètement nettoyé par les fourmis légionnaires ! Aaaah !… Quelque chose me marche dessus !… Je me relève et cours comme un fou droit devant moi ! Dans la lumière de ma torche, j'aperçois un énorme rocher. Si je grimpe dessus… Mais je n'en ai pas le temps, car… le rocher bouge !

Est-ce l'esprit de la forêt, dont Quentin m'a parlé ? Je recule précipitamment… C'est un énorme gorille ! Pas de panique, récapitulons : ne pas s'enfuir… ne pas faire de gestes brusques… ne pas… Il me dévisage, et moi aussi. Tiens, il a une touffe de poils blancs au-dessus de l'œil ! Il prend un air rêveur et se gratte la tête, on dirait… Ça alors ! Je l'entends distinctement me dire ces mots : « Amy, grand sac bleu », puis il lève le doigt vers le ciel… Il y a un bruit d'avion et le gorille se tourne et se recouche.

Trempé de sueur… je me réveille ! Quel cauchemar* !

Chapter 8
Hearing Voices

"Oscar, Oscar! " I call out to my cousin.

"*Quoi?*... Heu... What?... Jessica?"

"Yes, it's me. Why aren't you up? It's eight o'clock already. Are you sick?"

"No... I... just had this terrible dream..."

"Well, it's all go* in the camp this morning..."

"Ah... Is it to do with Amy's disappearance?"

"No, not exactly. There's been a theft* in the office."

"You're joking!"

"I'm not!"

"Wow! That's really strange you know, because I thought I was dreaming. But maybe it wasn't all a dream."

"What are you talking about?" I ask.

So he tells me about the dream he had, a nightmare in fact, in which there were pigs and two nasty characters (one of them with a horrible nasal voice) and there was also a weird talking gorilla.

"What a strange dream," I say. "But I can tell you that the pigs at least were real. Apparently, they destroyed all the flower beds last night! I don't know about the gorilla though, and what he said about Amy

and the blue bag. As for the plane you heard, it must have been the one the police flew here in, about half an hour ago."

"Maybe... Anyway, what did the thieves* steal from the office?" Oscar asks.

"Some baby milk and... Gosh! The milk could be for Amy! You know what? Maybe you should tell the police that you heard the thieves last night."

"But do you think they'll take me seriously if I tell them that it was in a dream?"

"Maybe the men you heard were real. It might help their inquiries, you never know."

"Well," says the Captain, after Oscar tells him about what he heard during the night. "I think the best idea is for you to go to the police station and make a statement. But as I've got to see our new clients, Karen could give you a lift there. If you don't mind Karen..."

"No, that's alright," Karen says, "and as we'll be in town, after Oscar's statement to the police, we could go to the market. I need to buy some fruit, I'll show you some of the giant varieties we've got here."

"Good. It'll be a good way to take your mind off Amy's sad story. What do you think Jessica?" Mum says.

"Well… OK, if Karen's got to go to the market, we may as well go with her," I say.

"That didn't take long," I say to Oscar when he comes out of the police station. "You were in there for only a couple of minutes."

"Well," he says, "I only made a statement, but I don't think they took me very seriously. Although the superintendent was very polite."

"Come on you two," Karen says, "this way to the market. It isn't very far, follow me."

As we make our way to the market, we see people pushing bicycles loaded up with enormous bunches of green bananas. On others there are mountains of pineapples.

"Good morning, Josepha, how are you today?" Karen says to an old lady standing behind a very neat and colourful display of all kinds of fruit.

"Good morning, Karen, I'm very well thank you. And you, my pretty, how are you? I see you've got company," Josepha replies, looking at us.

"They're friends from Europe. Could you show them some jackfruits please? They've never seen any before, as they don't sell them in Europe, you know," Karen says.

"Of course! Take a look in that big box over there. I just got some delivered…"

As I marvel politely at the enormous green pear-shaped fruit, Oscar elbows me in the side.

"Jessica," he whispers to me, "the voice I told you about, I think I just heard it again!"

"What are you talking about?"

"The nasty nasal voice you know, the one from my dream," he says again.

"Maybe you're tired and you just think you heard it again," I say.

"Is the boy hearing voices?" Josepha asks. "You know Karen, I also have all kinds of medicinal plants for all kinds of illnesses. Let me see, I'm sure I've got something for people who hear voices…"

Chapitre 9
Une terrible découverte

Tandis que Karen, Jenny et Josepha discutent des bienfaits des plantes médicinales, j'essaie de repérer, dans la foule du marché, l'homme à la voix nasillarde.

– Je t'assure! Il avait un portable à la main, dis-je tout bas à Jessica.

– Oui mais à part ça, à quoi il ressemblait?

– Je l'ai à peine vu.

– Bon, si ça te fait plaisir on peut aller faire un tour dans le marché, dit-elle tout bas, puis elle se tourne vers Jenny et ajoute, *Mum, we'll be right back.*

– *Alright, but don't go too far...* dit Jenny, alors qu'on s'éloigne.

– Ta mère a dit que cette affaire peut être dangereuse, alors mieux vaut ne pas se faire remarquer, dis-je à Jessica.

– OK.

Nous avançons dans la foule, écoutant les gens autour de nous et prenant un air intéressé devant les étalages de légumes et de fruits. Mais je n'entends aucune voix nasillarde. Est-ce que, comme le pense Jessica, j'ai juste cru entendre la voix de mon rêve?

– *My pineapples were freshly picked this morning. Very cheap, do you want to try some?* crie une marchande derrière son étal.

Un homme, qui marchait devant nous, s'arrête.

– *No, thank you. But do you have any bushmeat?* dit-il.

– Ce n'est pas cette voix par hasard ? me demande Jessica tout bas.

Je fais non de la tête.

– *Not today, I've only got fruit today,* répond la marchande.

– Jessica ! Oscar ! crie une voix derrière nous.

C'est Jenny, elle nous rejoint et nous explique que Karen a fini ses achats et que nous rentrons au camp.

– *What's bushmeat?* demande Jessica, sur le chemin du retour.

Karen et Jenny sont vagues. Karen nous dit simplement, qu'il s'agit de viande d'animaux sauvages, interdite, puis elle change rapidement de sujet de conversation, un peu trop rapidement à mon goût. J'ai comme l'impression qu'elle essaie d'éviter d'en parler.

– On regarde sur Internet ? On en trouvera sûrement plus sur le sujet, je suggère à Jessica, en arrivant au camp.

– D'accord.

– Ah voilà. *Bushmeat,* en français c'est de la viande de brousse. Je te lis l'article ?

– Vas-y, dit Jessica en s'asseyant à côté de moi.

– *Viande prisée par certains et provenant d'animaux sauvages, souvent d'espèces protégées. Il peut s'agir de viande de serpent, d'éléphant, de crocodile, de singe…*

– Beurk ! fait Jessica.

– C'est un commerce qui rapporte beaucoup d'argent. On en trouve même en Europe. Plusieurs tonnes

passent illégalement par les plus importants aéroports, en France et au Royaume-Uni ! En Europe, elle est vendue sous le manteau*.

— Mais pourquoi en Europe ? demande Jessica.

— Ils disent que les prix qui y sont pratiqués, sont vingt fois plus élevés qu'en Afrique ! *Cette viande est parfois même servie dans de grands restaurants.*

— Ce n'est pas vrai…

— Attends, dis-je, je continue : *Il arrive que des bébés gorilles soient capturés et…*

— Qu'est-ce qu'ils disent ? me demande Jessica.

Comme je reste silencieux, stupéfait par ce que je viens de lire, elle se penche vers l'écran et lit :

Il arrive que des bébés gorilles soient capturés vivants et engraissés pour être ensuite vendus comme viande de boucherie. Le tourisme, en habituant les gorilles aux hommes, les rend moins méfiants et ils deviennent des proies faciles pour les trafiquants.*

— *My God!* s'exclame Jessica.

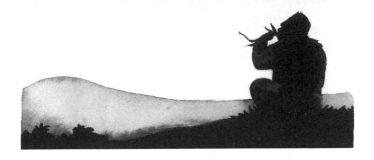

Chapter 10

The King of the Forest

"Mum!" I say, as Oscar and I stop running, out of breath, in front of the Captain and Karen's house. Mum and John are having tea with them under the veranda.

"Yes Jessica, what's the matter?"

"Mum, we're responsible for what's happening!"

"What are you talking about Jessica?" she says.

"When we visit the gorillas, we're endangering them!" Oscar says from behind me.

"What are you talking about? What happened?"

"Maybe it's our fault, the fault of tourists I mean, that gorillas might disappear…" I say.

"What do you mean?"

"We've just read an article about bushmeat, and they say that baby gorillas are fattened up like pigs to finish the same way as pigs do. Even famous restaurants, in Europe, sometimes serve bushmeat," I say.

"And we also read about habituated gorillas that aren't as wary* of humans as they should be, and how they become easy prey* for traffickers," Oscar says.

"Listen guys, what you read is partly true. But only partly," the captain says.

"How's that?" I ask.

"Since time immemorial, humans have hunted* animals. People here didn't wait for tourists to start hunting. It's still a way for poor people to find their food. But now, because gorillas are an endangered species, it's illegal to hunt them. Anybody caught is punished. Although it's terrible to hunt animals that are so much like us, the real threat* to gorillas is the destruction of their habitat."

"But aren't we doing that, when we hack a path into their forest?" I say.

"No, we aren't," John says. "We never cut trees down. But deforestation does destroy their habitat. A switch from the wood industry to ecotourism is one way to help gorillas survive. And people like Captain Pike and his wife Karen, who promote ecotourism, do their utmost to…"

"But there are still poachers," I say.

"Well, it's difficult to change bad habits and old beliefs. But little by little they do change. People working here teach their children and their friends about respect for the environment and for all the inhabitants of the forest…"

"But there are still traffickers and they aren't caught, very often because of accomplices high up…," I say.

"It's true. But hopefully laws will soon be applied much more strictly as people with responsibility realise that gorillas are a real benefit to our country," says Karen.

"Now then, just before you arrived we were talking about visiting a pygmy village. Ray has invited us there. It'll take your mind off things and show you how things can change for the better," the Captain says.

"Jessica? Oscar? What do you think?" Jenny asks us.
"Oh... Alright then," Oscar and I say.

When we arrive in the village, there are people singing and dancing to welcome us. We sit in front of Ray's house and he explains,

"We are the old inhabitants of the forest. We used to hunt small game and gather all kinds of plants and fruit. But we also used to hunt… gorillas."

"How could you…? Why?" I say.

"In our old beliefs, the gorilla was a terrible enemy. But we know better now… I know better now. I understand that gorillas aren't our enemies. Among them, there are even great beings. I sometimes see one of them, that I call the King of the Forest. But he only comes to see me in my dreams," Ray says.

"That's strange. How do you recognize him?" Oscar asks.

"He's an enormous silver back with a tuft of white hair above one of his eyes. He comes to warn me of dangers or to help me …"

"Wow! I've seen him too!" Oscar cries out. "I saw him in a dream!"

"Well," Ray says, after hearing the details of Oscar's dream, "I think it means you need to look out for someone travelling with a big blue bag."

"But what did the King of the Forest mean when he showed me the sky?" Oscar asks.

"He could mean someone travelling by plane," Ray answers.

"Don't you think," Oscar asks, two hours later, as we're heading back to the camp, "that what Ray told me about my dream was very strange?"

"Yes, I do. Maybe he thinks Amy might be smuggled* onto a plane inside a big blue bag, then flown out of the country," I say.

"But that seems crazy!"

"Yes, it certainly does."

Chapitre 11

Une aide inattendue

– Karen t'a dit s'il y a du nouveau pour Amy? je demande à Jessica.

– Il n'y a rien de nouveau.

– Ah, bon.

– Et Karen n'a pas l'air très optimiste.

– Karen est un peu défaitiste* quand même. Hier, elle m'a dit que l'enquête avançait; bon il est vrai qu'elle a ajouté «lentement».

– Ce qui est frustrant, c'est que nous ne pouvons rien faire. En plus, avec Maman qui s'affole pour un rien…

Nous sommes assis sur la terrasse, devant notre tente. Autour des plateformes où les tentes sont montées, des jardiniers s'affairent. Ils réparent les dégâts que les cochons sauvages ont faits l'autre nuit.

– Regarde l'homme qui vient par ici!

– Qu'est-ce qu'il a?

– Tu ne le reconnais pas?

– Attends… Mais c'est…

L'homme s'approche de notre tente.

– Oui, c'est le balafré! je chuchote.

Il nous fait signe de la main.

– Qu'est-ce qu'il fait ici ? Je croyais qu'il avait été renvoyé…

On dirait que le balafré veut nous parler, mais il n'en a pas le temps, car le capitaine nous appelle pour dîner.

Pendant le repas, nous nous étonnons d'avoir vu le balafré travailler dans le camp. Le capitaine nous explique qu'il a décidé de lui donner une nouvelle chance.

– Regarde la lettre que j'ai trouvée par terre en me levant, dis-je à Jessica, le lendemain matin.

– Elle est de qui ?

– Elle est signée Al.

– Le balafré ! Mais pourquoi il t'écrit ?

– Il *nous* écrit. Regarde, il a mis : *À toi et ta copine.*

– Pff ! Il croit que… Mais qu'est-ce qu'il veut ?

– Je ne l'ai pas encore lue, puisque je viens de la trouver.

– Je me demande pourquoi il ne s'adresse pas au capitaine.

– Ça, je n'en sais rien. Si on ne lit pas la lettre, on ne risque pas de le savoir.

– OK, OK.

Penchés sur la lettre, nous lisons :

Si vous voulez retrouver Amy, vous devez vous rendre rapidement au Kakonyou village.

– Mais c'est le village qui n'est pas loin d'ici !

– Oui, mais continue.

C'est dans la dernière maison du village, juste avant la nouvelle plantation d'arbres, que vous la trouverez.

Je le sais parce que je connais bien le petit ami de Julie.

Il m'avait parlé de ce qu'il voulait faire. J'ai essayé de l'en empêcher et je ne pensais pas qu'il allait exécuter son sale projet.

Je m'adresse à vous parce que, sortant de prison, je préfèrerais ne pas être mêlé à cette affaire.

Je vous ai fait, derrière la lettre, un petit croquis du village et j'ai mis une croix sur la maison où, je pense, est enfermée la petite gorille.

Al

— Tu crois qu'on peut faire confiance à cet homme ?

— Oui, et apparemment le capitaine le croit aussi puisqu'il l'a repris à son service. De toute façon, on va en parler à notre guide.

— À Ray ? Et pourquoi pas à la police ?

— J'ai une idée derrière la tête. Laisse-moi faire…

Je recopie soigneusement le plan du village sur un morceau de papier et détruis la lettre du balafré. Nous nous mettons ensuite à la recherche de Ray.

Nous finissons par l'apercevoir, alors qu'il sort de la maison du capitaine.

— *I'd like to speak to you about something urgent,* lui dis-je.

Tout en marchant à ses côtés, je lui explique que j'ai reçu cette nuit, un nouveau et mystérieux message à propos d'Amy.

Il m'écoute attentivement et lorsque je lui montre le plan du village, il hoche la tête gravement.

— *The King of the Forest has been very specific this time,* dit-il en me jetant un regard.

Je hoche la tête, sans parler.

— *We'll have to tell the police, you know.*

Alors, je lui explique que je ne veux pas en parler à la police parce qu'ils ne me prennent pas au sérieux, mais s'il le faisait à ma place, cela aurait peut-être plus de poids*.

– *I'll do it straightaway,* dit-il.

Je le remercie, et il s'éloigne.

– J'ai l'impression que Ray n'est pas dupe, dit Jessica.

– Peut-être mais l'important, c'est qu'il prévienne la police.

– J'espère qu'elle va s'activer cette fois, parce que le temps presse*.

– Évidemment le temps presse, mais moi je te trouve vraiment trop pessimiste.

– Après ce que j'ai lu sur Internet hier soir, il y a de quoi.

– Qu'est-ce que t'as lu ?

– C'est à propos des bébés gorilles. Sans leur mère, ils deviennent très fragiles. Peu d'entre eux survivent longtemps si elle meure ou s'ils en sont séparés.

– Pourtant Amy a survécu à la mort de sa mère et puis Karen a dit que c'est un bébé solide…

– Mais est-ce que tu te rends compte ? Lorsqu'elle a été séparée de Karen, c'est comme si Amy avait perdu sa mère une deuxième fois !

Chapter 12
A Big Blue Bag

"Karen, have you heard any news?" I ask as we're finishing our breakfast.

"Well, as a matter of fact, the police just phoned. They got some information about a house where they hoped to find Amy…"

"And did they find her?"

"I'm sorry Jessica, they didn't. But the good news is that in their haste to leave the house, the traffickers left a number of clues. So the police are getting closer to them."

"But do you think they will find Amy in time for her not to…"

"Let's hope so."

"Today we are going for our last walk through the forest. Apparently, we won't be seeing any gorillas." Mum says getting up.

In a strange way, I'm pleased that we are leaving the gorillas alone. I get the feeling that maybe we should not overdo it and take advantage of their patience.

Two Australians that Mum and John met at the camp are coming with us. They're going back home this evening.

"We may not see any mountain gorillas," says Ray, "as the habituated groups have moved quite a long way away from the camp. But, we'll go to look at the plants and smaller animals in our ancient forest. That's really an extraordinary experience too."

Ray takes us to a stunning place with giant ferns*, that are in fact fern trees! A species of tree that already existed back in the Ice Age!

"Look at those dragonflies!" Mum says.

We look in amazement at all kinds of small multi-coloured birds, chameleons with horns, and some others with big noses... Everybody is busy taking pictures. But I don't feel much like taking any. Soon it is time to eat our packed lunches. But I really don't feel like eating anything.

"Are you alright Jessica?" Mum asks.

"I'm OK, I just feel… well, never mind."

"I know you're worried about the baby gorilla, but all is not lost yet."

"Not yet," I say.

Back at the camp, as we're changing into dry clothes, Karen comes and says,

"We'll be happy if you could come and have a five o'clock tea at our house. Our Australian guests will be there too."

Then she talks to Mum for a few minutes.

"I hope there'll be scones and jam," I whisper. "I'm starving!"

"Are you missing England?" Oscar asks.

"Just bits of it."

Outside on their large veranda, the Captain, Karen

and the Australian couple are already deep in conversation.

"Ah, here you are my young friends! Please take a seat, the Captain is about to serve tea," Karen says.

"And there are scones with cream and jam too!" the Captain says with a smile.

"Did you notice the big blue bag?" Oscar whispers to me.

"Where?" I ask.

"Over there in the corner."

"Excellent!" I say.

In a corner of the veranda, I see some luggage, and in between two large suitcases a... BIG BLUE BAG!

"That luggage must belong to the Australians."

While the adults talk, I get up discreetly and move in silence to the corner of the room. I indicate to Oscar to move a bit to his right so that nobody can see me as I bend over the bag...

"Jessica? What are you doing?" Mum asks, with a disapproving look on her face.

"Well, I'm sorry. I wanted to know what's in the big blue bag...".

"Jessica!" my Mum says, then turning towards the Australians she adds, "please, excuse my daughter, she's so worried about this baby gorilla..."

Karen tries to create a diversion by asking if anyone wants some more tea.

"Well, I wouldn't mind another cup of your excellent tea with some of your delicious scones too," the Australian man says, and he adds, turning to his wife, "Won't you have some too, dear?"

John starts talking about his travels, and everybody seems to have forgotten what I just did.

What to do? What to do? I ask myself.

"Well," says the Captain, "it'll soon be time for me to take you to the airport. I'll get someone to take your luggage to the plane…"

"Captain," Oscar starts, but he's interrupted.

"Alright Captain, but before that let me show this

young lady what's in it …" the Australian man says, while unzipping his bag and taking out all the presents in it, until… the bag is empty!

"Err… I'm so sorry," I say, feeling suddenly very embarrassed, "I didn't want to…"

"Well, never mind, no harm done."

Chapitre 13
L'adieu au Gorilla Land

Aujourd'hui, c'est notre dernière journée au Gorilla Land.

Dans les jardins du camp, le personnel dresse de longues tables et apporte des chaises empilées les unes sur les autres, pour la fête que le capitaine et Karen ont organisée pour notre départ.

– Dis donc, on dirait qu'il va y avoir du monde à cette fête.

– Apparemment, il y aura beaucoup de villageois et tout le personnel du camp et peut-être aussi des gorilles !

– Des gorilles ?

– Oui, le capitaine a dit qu'il en passe parfois tout près du camp…

Al le Balafré, qui aide à l'installation, nous fait un signe de la main.

– C'est drôle les idées qu'on peut se faire sur les gens, dit Jessica en répondant à son signe.

– Comme quoi, il ne faut pas juger les gens sur leur apparence.

Des enfants du village de Ray arrivent. Nous

partageons tous ensemble un délicieux repas, puis ils dansent et chantent.

— Moi, j'ai comme une boule dans la gorge, quand je pense à Amy, me chuchote Jessica.

C'est vrai, moi aussi j'ai la gorge serrée en pensant à la petite gorille.

Karen vient nous voir. Elle nous tend un livre.

— *For you to remember Amy's good times.*

— *Oh, the photo where we feed her!* dit Jessica en feuilletant l'album photos.

Il y a aussi la photo où Amy m'imite et se tape sur la poitrine.

Jessica a les yeux brillants de larmes. Moi, je ne me sens pas terrible.

Puis, il est temps de retourner à notre tente pour finir de faire nos bagages. Nous marchons lentement le long du chemin bordant la forêt, en espérant apercevoir une dernière fois des gorilles en balade, mais rien. Tout à coup, on entend quelqu'un nous appeler :

— *Miss Jessica! Oscar Sir!*

— C'est Ray !

— *Hi! Ray!*

— *I wanted to say* au revoir *to you,* dit Ray.

— Oui, au revoir Ray. *But… we still haven't found Amy,* dit Jessica.

— *Don't despair, the King is never wrong,* nous dit-il en nous offrant à chacun un petit objet.

Nous avons à peine le temps de le remercier qu'il est déjà parti.

— Oh super, on dirait un talisman, dis-je en examinant la cordelette de cuir au bout de laquelle pend un petit morceau d'écorce d'arbre.

— Fais voir… Eh, le morceau d'écorce est sculpté en

forme de gorille ! C'est peut-être le portrait du *King of
the Forest*.

— Il a même une marque blanche au-dessus de
l'œil ! Et toi, qu'est-ce que c'est ?

— C'est un bracelet ! Sur chaque perle, il y a un
minuscule gorille dessiné. Regarde, on dirait qu'ils
s'amusent, tu sais comme quand on les a vus dans leur
forêt.

— Peut-être qu'il a raison, dis-je.

— Qu'est-ce tu veux dire ?

— Qu'il ne faut pas désespérer…

— Jessica ! Oscar ! crie Jenny.

— Oui, j'espère qu'il a raison. Bon on y va, Maman
nous appelle.

Nos bagages sont chargés à bord du petit avion du

capitaine, et c'est le départ. Karen a décidé de nous accompagner à l'aéroport.

– *Is everybody ready?* crie le capitaine depuis le cockpit.

Nous attachons notre ceinture et Jenny, John et Karen répondent :

– *Ready!*

Jessica et moi, le nez contre le hublot, restons silencieux. Comme le jour de notre arrivée, nous survolons le Gorilla Land, la Forêt Impénétrable et la magnifique campagne verdoyante de la région.

– Ça y est on descend ! dis-je, un peu plus tard.

– Oui cette fois, notre voyage est terminé et je me demande vraiment si le gorille de ton rêve ne s'est pas trompé, dit Jessica.

Je ne réponds pas, car moi aussi je n'y crois plus.

Alors que nous attendons notre tour pour l'enregistrement de nos bagages, je remarque à quelques dizaines de mètres, à un autre comptoir, un passager qui parle avec l'employé de la compagnie d'aviation. Il dépose sur la balance à bagages un grand sac bleu en plastique !

– Regarde, le grand sac bleu, dis-je tout bas à Jessica, le cœur battant.

Est-ce que ça serait… ? Nous nous approchons. Je ne veux pas faire deux fois la même erreur.

– *Did you pack your bag yourself?* demande l'employé à l'homme.

– *Yes, I did,* répond celui-ci.

Je sursaute !

– C'est la voix ! je m'écrie, celle que j'ai entendue la nuit du vol dans le camp ! ARRÊTEZ- LE !

Chapter 14
What's in the Bag?

"What are you talking about?" the man says, turning round to look at us.

"Look," I say to Oscar. "It's the man in the photo with Julie!"

Suddenly, we see armed policemen running towards us. They grab hold of the man who shouts out in protest.

"Hey! What are you doing? Take your hands off me!"

"What's in your bag, Sir?" the police officer in charge asks.

"Only clothes, of course!" the man shouts out.

"Open it, please!"

"You have no right!" the man shouts.

Karen, who seems to know the Chief of Police very well, goes and speaks to him.

He nods.

She unzips the bag and starts to empty it, but all she finds is clothes and more clothes…

"No, it's impossible," Oscar says.

"Wait, look!" I say.

Karen, very carefully, takes something out of the bag.

"Amy?" I say.

Is it her? Is she…?

"Don't worry, she's alive, although she's undoubtedly been drugged and traumatised by what happened to her," Karen says.

"Amy?" I say again.

And she opens her eyes!

"Hello, Amy," Karen says very softly to the baby gorilla in her arms.

We're all taken to the First Aid Center of the airport.

"How did you know that the trafficker was catching a plane today?" Mum asks the Chief of Police.

"Our top informer had told us about a house where Amy had been hidden. In this house, we found a computer with details about his flight. Our informer also told us we would find her in a big blue bag. Our man's methods are quite unusual, as he receives his information in dreams, but he's been helping us this way for many years."

"He means Ray and the King of the Forest," I whisper to Oscar.

"Of course," Oscar whispers back.

"… and then, we also had photos of the trafficker. So we posted our men strategically around the departure hall. We were about to arrest him when this young man started shouting," the Chief of Police says, patting Oscar on the back.

"Was Julie his accomplice?" I ask.

"Actually Julie's been discharged today."

"I was sure she couldn't have faked* her tears," Oscar says.

I knew Oscar had a soft spot* for her. But after all, Julie was the one with Amy.

"So who was the accomplice?" Mum asks.

"Julie has a cousin in the village, who rented* one of the rooms in his house to her boyfriend. And that's where Amy was hidden."

"So, it was her cousin!" we shout.

"I believe things happened this way: Julie's cousin is a gambler* and owes a lot of money. His lodger offered him a large sum of money if he helped him kidnap Amy. The cousin, knowing that she would be alone with the baby gorilla that day, came to visit Julie. They had coffee outside, in front of the office – we have a lot of witnesses who can confirm this. Meanwhile the boyfriend was taking Amy through the back door, after putting Amy's cover inside the desk drawer to incriminate Julie in the kidnapping."

"What a boyfriend!" I say.

"But are you sure about the cousin?" Oscar asks.

"We arrested him this morning in his car trying to escape. He had a large sum of money with him. And he confessed anyway."

"So what will happen now?" the Captain asks.

"Well, there will be a trial*. For Julie's boyfriend it's very serious. Julie's cousin told us the trafficker wanted to fatten Amy up before selling her. But as we were closing in on, he had to take an early flight to close the deal with his European client sooner than planned. I don't know what sentence Julie's cousin will get. He will be tried as an accomplice."

"Thank you for everything you've done," the Captain says. "Now I think our friends have a plane to catch!"

"Of course, I'll say goodbye to you here then," the superintendent says to us.

We check our luggage in and say goodbye to Karen and the Captain.

"What about Julie?" Oscar asks Karen.

"She's innocent, so I'll speak to her. If she still wants to work with us, she'll have to be extra careful about who she makes friends with," Karen says, and she adds that she'll keep us informed of Amy's progress.

"Phew! I feel completely exhausted," I say as we board our plane.

"Me too, but I also feel better, I'm so relieved!" Oscar says.

"Yes, it is a relief to know that people in the Land of the Gorillas are ready to protect them."

I close my eyes as Oscar leans towards the window.

"*Tu ne veux pas voir l'Afrique, une dernière fois?*" he asks.

I open my eyes and lean towards the window.

"But there are only clouds!" I say.

"*Ah, oui, mais…*"

"*…ce sont des nuages africains!*" we say together, laughing.

BONUS

Vocabulaire / Vocabulary
Quiz
Dian Fossey
Ecotourism
Les gorilles

Annuler : arrêter une activité planifiée.

Balafré : qui a une cicatrice sur le visage.

Bâtiment en dur : construction permanente.

Braconnier : personne qui pratique la chasse de façon illégale.

Braise : morceau de charbon encore rouge dans un feu.

Cauchemar : mauvais rêve.

Comédie (jouer la) : jouer dans une pièce de théâtre ; faire semblant, mentir.

Couche-tôt : qui va au lit tôt le soir.

Défaitiste : pessimiste, qui ne croit pas que le succès est possible.

Déposition : déclaration officielle décrivant un événement, auprès de la police ou de la justice.

Effondré : qui ne tient plus debout, émotionnellement ou physiquement.

Enquête : investigation.

Indice : signe, indication que quelque chose s'est produit.

Le temps presse *(expression)* : il n'y a pas beaucoup de temps.

Manteau (sous le) *(expression)* : illégalement.

Musaraigne : petit animal qui ressemble à une souris.

Pile *(familier)* : juste au bon moment.

Piste : traces que l'on peut suivre, qui mènent à quelque chose, qui guident dans une recherche.

Poids (avoir du) *(familier)* : être important, compter.

Preuve : ce qui montre que quelque chose est vrai.

Proie : créature que l'on tue et mange.

Témoin : personne qui a vu et entendu un événement.

Tétée : moment où un bébé boit son biberon ou le lait de sa mère.

Trace : marque laissée par le passage d'un être vivant ou par un objet.

All go: very busy.

Ant: small insect that lives in large groups.

Ape: big monkey without a tail.

Blanket: cover used to keep warm at night.

Clue: important element that helps solve a mystery.

Cough (to): to expel air out of your throat with a sudden noise, when you are sick.

Creepy-crawly: small insect.

Duster: cloth which you use for cleaning the surface of objects.

Earned: deserved.

Enquiry: investigation.

Fake (to): to pretend to have an emotion.

Fern: plant that has leaves which look like bird feathers and which grows in the shade of big trees.

Gambler: person who bets money in a game such as cards.

Hunt (to): to chase wild animals in order to kill them.

Make do (to): to use what you have in order to solve a problem.

Mud: water and dirt mixed together.

Path: small road, usually in nature.

Poacher: person who hunts where it is forbidden.

Prey: creature that is killed and eaten.

Rent (to): to pay money to live in a place.

Scar: a mark or line on the skin, left by an old wound, an injury.

Shortcut: a quicker way to go somewhere.

Smuggle (to): to take people, animals or objects out of a country illegally.

Snare: trap used to catch animals.

Sneeze (to): to expel air violently by your nose, when you are sick.

Soft spot: warm feelings.

Statement: official declaration describing an event.

Stilt: long piece of wood used to keep houses elevated off the ground.

Tape: long piece of plastic used to close a crime scene from the public.

Theft: act of taking something that does not belong to you.

Thief (pl. thieves)**:** person who takes something that does not belong to him or her.

Threat: danger.

Tracker: person who follows tracks, footprints or other marks left by animals.

Trial: legal procedure in which someone is judged.

Wary: cautious, prudent, not trusting.

Witness: person who saw and heard an event.

CHAPITRE 1

1. *Les parents d'Oscar sont finalement d'accord pour qu'il parte en Ouganda.*
a. Vrai
b. Faux

2. *Oscar part pour*
a. chasser du gibier.
b. photographier des animaux.
c. voir les gorilles dans leur habitat.

CHAPTER 2

3. *Who is Amy?*
a. The vet.
b. Karen's daughter.
c. A baby gorilla.

4. *Ray sees*
a. a butterfly.
b. some dangerous ants.
c. a man.

CHAPITRE 3

5. *Qui est Julie ?*
a. Une amie de Karen.
b. La secrétaire du camp.
c. La nièce de Karen.

6. *Oscar et Jessica ont peur du bébé gorille.*
a. Vrai
b. Faux

CHAPTER 4

7. *It is easy to see gorillas in the forest.*
a. True
b. False

8. *Gorillas*
a. are very dangerous animals.
b. like people to take their picture.
c. are big and gentle.

CHAPITRE 5

9. *Julie pleure parce que*
a. Karen est effondrée.
b. Personne ne lui parle.
c. Amy a disparu.

10. *Oscar pense que Jenny*
a. se fait du souci pour rien.
b. doit faire son enquête.
c. doit parler à Jessica.

CHAPTER 6

11. *In the office Jessica finds*
a. a dusting cloth.
b. Amy's blanket.
c. some photos of Karen and Amy.

12. *What does Jenny do?*
a. She phones the police about the cover.
b. She is cross with Oscar.
c. She asks Jessica to be quiet.

CHAPITRE 7

13. *Karen dit que*
a. Julie est une trafiquante d'animaux.
b. il y a des preuves contre Julie.
c. rien n'est sûr sur le rôle de Julie.

14. *Le gorille parle à Oscar*
a. pour lui faire peur.
b. pour le prévenir de quelque chose.
c. parce que c'est l'esprit de la forêt.

CHAPTER 8

15. *Oscar should tell the police about his dream*
a. as it might help their inquiry.
b. because of the gorilla's strange voice.
c. because the gorilla told him to.

16. *What has disappeared in the office?*
a. The baby gorilla.
b. Baby milk.
c. A big blue bag.

CHAPITRE 9

17. *Que cherchent Oscar et Jessica dans le marché ?*
a. Des souvenirs.
b. Des fruits exotiques.
c. L'homme à la voix étrange.

18. *Oscar est choqué*
a. qu'on vende de la viande de brousse en Europe.
b. que la viande de brousse soit chère.
c. qu'on mange des bébés gorilles.

CHAPTER 10

19. *Jessica says that*
a. her mum is responsible for what happened to gorillas.
b. bushmeat is not fit for human consumption.
c. tourism is endangering the gorillas.

20. *Does Ray believe in Oscar's dream?*
a. Yes
b. No

CHAPITRE 11

21. *Al le balafré veut*
a. se reposer un peu.
b. parler à Oscar et Jessica.
c. se promener dans le camp.

22. *Ray va informer la police.*
a. Vrai
b. Faux

CHAPTER 12

23. *Jessica is worried because*
a. she hasn't seen any gorillas.
b. she's not hungry.
c. of what's happened to Amy.

24. *The Australian tourist shows what is inside the bag.*
a. True
b. False

CHAPITRE 13

25. *Oscar et Jessica sont*
a. contents de partir.
b. tristes qu'Amy n'ait pas été retrouvée.
c. énervés, car ils voudraient continuer leur enquête.

26. *Quand Oscar aperçoit le grand sac bleu, il est sûr que c'est le bon.*
a. Vrai
b. Faux

CHAPTER 14

27. *Karen opens the bag and finds*
a. only presents in it.
b. some bushmeat.
c. Amy, the baby gorilla.

28. *Jessica, Oscar, Jenny and John take a plane to*
a. go back to camp.
b. go back to the United Kingdom.
c. visit another African country.

Solutions p. 92

Dian Fossey

As a primatologist and an ethologist (ethology is the study of animal behaviour), **Dian Fossey started her extensive research on these great apes in 1967**. For 18 years, she lived among them in the mountain forest of Rwanda. She followed gorilla family groups as they foraged in the forest, always on the move to find their exclusively vegetarian food. But right from the outset, she had to deal with poachers whose activities were taking a terrible toll on the gorillas. The first anti-poacher patrols were put in place at her instigation.

She also showed how inaccurate it was to portray the gorilla as a fierce and aggressive animal. **In 1970, a photo of a wild gorilla gently touching Dian's hand** was published on the front page of *National Geographic*. It was a first, and proof that gorillas were gentle.

Dian Fossey was murdered by poachers in 1985 at the age of 53.

The American film *Gorillas in the Mist*, with Sigourney Weaver, tells the story of her time with mountain gorillas.

Ecotourism

Dian Fossey was against tourism. She argued that being closely related to humans, gorillas were vulnerable to **human diseases**. She reported several cases in which gorillas died because of diseases spread by tourists. According to her, tourism can affect **their natural wild behaviour** and disturb the peace of **their habitat**.

However, the concept of ecotourism, which had started to spread by the late 1980s, is a form of **responsible tourism**. It lays down strict rules to reduce the risks and the ecological impact on the environment. It also helps to change perceptions, increase awareness of conservation and the need to protect ecosystems (ecosystems being large or small areas in which plants, animals and physical elements constantly interact; for example, tropical forests, like the Impenetrable Forest, are ecosystems, and so are beehives!). By providing substantial financial revenue for the countries concerned, **ecotourism benefits their inhabitants, as well as the environment**.

Les gorilles

Une espèce menacée

Par leurs activités, les êtres humains ont un impact sur l'environnement. Cet impact peut être négatif, comme la destruction des animaux et de leur l'habitat.

On dit qu'une espèce est menacée si le nombre d'individus de cette espèce diminue de façon importante, si son habitat disparaît, etc.

La liste des espèces menacées est longue, **plus de 15 600**. On a établi un classement des espèces menacées.

Le gorille de montagne figure parmi **les 10 premières espèces les plus menacées** de la planète.

Les gorilles sont-il nos lointains cousins ?

Les gorilles sont-ils vraiment nos cousins ? N'en cherchez pas dans votre famille, ni même parmi vos ancêtres.

Les gorilles, cependant, partagent plus de **98% de leurs gènes** avec nous et font, comme nous et les autres grands singes (le chimpanzé, le bonobo et l'orang-outan), partie de la famille des hominidés.

Ce lien semble d'autant plus évident, lorsqu'on observe leur comportement social.

Ils ont aussi, comme peu d'autres animaux, **la conscience d'eux-mêmes**. Par exemple, ils se reconnaissent dans un miroir.

Il y a débat sur **les droits des grands singes**. Bien que certains scientifiques leur contestent des droits, la Nouvelle-Zélande est le premier pays à en avoir accordé trois fondamentaux aux grands singes (autres que les humains, ces derniers, bien évidemment, s'en accordent à eux-mêmes beaucoup plus!) à savoir : le droit à la vie, la protection de la liberté individuelle et la prohibition de la torture.

Où vivent les gorilles de montagne ?

Les gorilles de montagne sont une sous-espèce de gorilles spécialement adaptés pour vivre en altitude dans **la région des Grands Lacs africains** (ils ont un pelage plus épais et plus long que les gorilles vivant en plaine).

Une partie des gorilles de montagne vit dans la Forêt Impénétrable Bwindi en Ouganda et l'autre dans les Virungas, une région montagneuse comprenant le Magahinga Gorilla National Park en Ouganda, le Parc National des Volcans au Rwanda et le Parc National Virunga en République Démocratique du Congo. Les trois pays se partagent l'ensemble des **720 derniers gorilles de montagne**. La moitié d'entre eux, soit 360, vivent en Ouganda.

1 a	11 b	21 b
2 c	12 a	22 a
3 c	13 c	23 c
4 c	14 b	24 a
5 b	15 a	25 b
6 b	16 b	26 b
7 b	17 c	27 c
8 c	18 a/c	28 b
9 c	19 c	
10 a	20 a	

Score

● Tu as moins de 15 bonnes réponses.
Less than 15 correct answers

➜ Tu n'as sans doute pas aimé l'histoire…
Didn't you like the story?

● Tu as de 15 à 20 bonnes réponses.
Between 15 and 20 correct answers

➜ Y a-t-il une langue où tu te sens moins à l'aise ?
Which language is more challenging for you?

● Tu as de 20 à 25 bonnes réponses.
Between 20 and 25 correct answers

➜ Bravo !
Tu as lu attentivement !
Congratulations!
You read attentively!

● Tu as plus de 25 bonnes réponses.
More than 25 correct answers

➜ On peut dire que tu es un vrai lecteur bilingue !
You really are a "dual reader"!

Table des matières / Table of Contents

Chapitre 1	Une chance à saisir	5
Chapter 2	In the Land of the Gorillas	11
Chapitre 3	Un vrai petit singe	19
Chapter 4	In the Impenetrable Forest	25
Chapitre 5	La disparition d'Amy	31
Chapter 6	Investigation in the Office	37
Chapitre 7	Une nuit de cauchemar	41
Chapter 8	Hearing Voices	45
Chapitre 9	Une terrible découverte	51
Chapter 10	The King of the Forest	55
Chapitre 11	Une aide inattendue	59
Chapter 12	A Big Blue Bag	65
Chapitre 13	L'adieu au Gorilla Land	71
Chapter 14	What's in the Bag?	77

BONUS

Vocabulaire	84
Vocabulary	85
Quiz	86
Dian Fossey	88
Ecotourism	89
Les gorilles	90
Solutions	92

DANS LA MÊME COLLECTION

- *Abracadabra,* Corinne Laven
- *Aborigines,* Claire Davy-Galix
- *Cyber Intelligence,* Jeannette Ward
- *Destination Hawaii,* Claire Davy-Galix
- *Fair Play,* Manu Causse
- *Hotel Safari,* Claire Davy-Galix
- *Imagine Alice,* Jeannette Ward
- *Joséphine & Jack,* Evelyne Peregrine
- *Karni Mata,* Jeannette Ward
- *Melting Potes,* Davina Rowley
- *romeo@juliette,* Manu Causse
- Version audio téléchargeable sur www.talentshauts.fr
- *Secret Divorce,* Sophie Michard
- *Secret Passage,* Jeannette Ward
- *Surprise Party,* Alice Caye
- *Train 2055,* Alice Caye

DANS LA COLLECTION « DUAL + »

- *I ❤ Paris,* Sophie Michard
- *Solo Rock,* Manu Causse
- *A Perfect Wedding (ou presque),* Davina Rowley

DANS LA COLLECTION « Mini DUAL Books »

- *A Night in the Refuge - Une nuit au refuge,* Sharon Santoni
- *Forget That I'm Famous - Oublie que je suis célèbre,* Corinne Laven
- *Jazz for the President - Jazz pour le président,* Claire Davy-Galix
- *Miami Dog - Mon chien à Miami,* Luce Michel
- *My New Life - Ma nouvelle vie,* Corinne Laven
- *On the Bear's Track - Sur la piste de l'ours,* Alice Caye
- *The Celtic Crosses - Les croix celtiques,* Caroline Miller
- *The Football Shirt - Le maillot de foot,* Sharon Santoni
- *The Lake Monster - Le monstre du lac,* Jeannette Ward
- *The Mechanics of Crime - La mécanique du crime,* Alice Caye
- *The Mysterious Safe - Le secret du coffre,* Nathalie Chalmers
- *Witchy Words - Langue de sorcière,* Anouk Journo-Durey

DANS LA COLLECTION ALEF – À LIRE EN ESPAGNOL ET EN FRANÇAIS

- *Un lazo de sangre – Un lien de sang,* Raquel P. Delfa & Ana Palomo
- *La llave del tiempo – La clé du temps,* Catherine Favret